UNE

SOCIÉTÉ AQUATIQUE

AU CAPITAL

De Un Million

PORTRAITS A LA PLUME

DE

MESSIEURS LES MEMBRES

COMPOSANT

L'ADMINISTRATION

PAR PAUL DES GARDIOLES

PARIS

TYPOGRAPHIE ET LITHOGRAPHIE RENOU ET MAULDE

144, Rue de Rivoli, 144.

1870

UNE

SOCIÉTÉ AQUATIQUE

AU CAPITAL

De Un Million

PORTRAITS A LA PLUME

DE

MESSIEURS LES MEMBRES

COMPOSANT

L'ADMINISTRATION

PAR PAUL DES GARDIOLES

PARIS

TYPOGRAPHIE ET LITHOGRAPHIE RENOU ET MAULDE
144, Rue de Rivoli, 144.

1870

UNE

SOCIÉTÉ AQUATIQUE

AU CAPITAL

De Un Million

PORTRAITS A LA PLUME DÉ MESSIEURS LES MEMBRES
Composant l'Administration

I

L'ENTREPRISE

Nous le déclarons hautement,

L'entreprise est noble vraiment,

Elle doit sauver une ville :

Mais à côté d'honnêtes gens

Se sont glissés des intrigants,

Cherchant le gain et non l'utile.

Or, je vais tâcher de mon mieux

En trois coups de plume, à tes yeux

Lecteur, de les faire paraître.

Si devant l'un de ces portraits

D'aucuns ne sont pas satisfaits

C'est qu'ils voudront se reconnaître.

LE CONCESSIONNAIRE

C'est le promoteur du canal,
Depuis quinze ans tant bien que mal,
Noble gueux, sa seule ressource,
Ne voulant rien se refuser,
Est d'aller doucement puiser,
Puiser à cette absente source.
Il voudrait faire ce qu'il fit,
Dans la cruche voir un profit
Son espoir est à bout, il râle !
Car la cruche qu'il présentait,
On le sait maintenant, c'était,
C'était une urne..... électorale.

LE DIRECTEUR DE LA COMPAGNIE

(FONDATEUR)

Un honnête homme s'il en fût,

Que l'épreuve vit à l'affût

Du travail et de l'espérance,

Il n'a pas boudé, celui-là !

En le voyant on dit : « Voilà

L'homme qui connut la souffrance. »

Aussi point de morgue en son cœur,

Il tend la main au travailleur :

A son tour il lui dit : Espère !

Le travail c'est la sainte loi,

Tu seras maître comme moi,

Voici ma main ! la tienne, frère !

LE SECRÉTAIRE GÉNÉRAL

(FONDATEUR)

Un jeune, un bucheur, un vaillant,

Qui dans le travail confiant

A su se tracer une route.

Fils de ses œuvres ! Aujourd'hui

Les envieux mordent sur lui ;

Mais c'est à peine s'il écoute

Le bruit qu'ils font en l'attaquant,

Son intégrité le défend,

Son amour du beau l'encourage,

Par le droit il est soutenu,

Et dans son poste maintenu,

Des jaloux il brave la rage.

LE BANQUIER

Il est fort! plus que fort!! très-fort!!!
A la Bourse l'on est d'accord,
D'accord sur son intelligence.
Brassant vingt affaires par jour,
Et tout cela pour faire *four*.
Quelle singulière existence!
D'un journal rédigé par lui,
Il fait son levier, son appui,
Il crie à tous : Voyez, j'existe!
Mais l'actionnaire prudent,
Murmure tout bas cependant :
« Est-il Banquier... ou bien Banquiste? »

LE PRÉSIDENT DU CONSEIL

(DÉPUTÉ)

Plus fantaisiste que profond,

Un honnête homme dans le fond,

Un vrai potiron dans la forme,

Affable, souriant toujours,

Et prêt à fêter les amours,

Pourvu qu'après la fête il dorme.

Mais pourquoi l'a-t-on mis dans l'eau?

Son nom fait bien sur le tableau

Comme réclame sans pareille,

Et lui qui ne s'en doute pas,

Fait gaîment ses quatre repas,

Signe le rapport... et sommeille.

L'ADMINISTRATEUR

(ASSOCIÉ DU BANQUIER)

Yeux de travers, nez aplati,

D'un vieux garde-du-corps sorti

Pour courir après la fortune,

Couvert de la peau du lion,

Jonglant avec le million,

Pour faire... des trous à la lune !

Il enjole le souscripteur ;

Tantôt souple, toujours flatteur,

Véritable mouche du coche ;

Les démentis, les camouflets,

L'argent et même les soufflets,

Il met tout cela dans sa poche.

L'ADMINISTRATEUR

(COLONEL)

« A gauche! A droite! Alignement! »

Il commandait un régiment.

Mais aujourd'hui sa crainte est grande,

Il soupire, il se bat les flancs

Pour dix malheureux mille francs.

Un adroit banquier le commande ;

O vieille culotte de peau

Comme il regrette son drapeau !

C'était l'aigle que rien ne souille,

Bravant le feu, vaillant et beau,

S'il barbotte à présent dans l'eau,

C'est pour repêcher la grenouille.

L'ADMINISTRATEUR DÉLÉGUÉ

(MÉDECIN)

Comme un furet cherchant partout,
Et voulant gagner sans atout,
Il guette l'occasion. Chauve,
On le fit, nul ne sait comment,
Conseiller d'arrondissement.
Il singe Raspail dans l'alcôve :
Du malade n'exigeant rien,
Il rançonne le pharmacien.
Il n'est ni myope ni bègue :
N'ayant rien à perdre au soleil,
C'est pour cela que le Conseil
Dans son eau trouble le délègue.

L'ADMINISTRATEUR

(SÉRIEUX)

A la bonne heure ! Il vaut son prix.

Mais pourquoi diable l'a-t-on pris ?

Il veut que l'affaire se traite,

Loyalement et clairement ;

Il veut le *Pourquoi*, le *Comment*

De toute chose à faire ou faite.

Cristi ! quel tatillon, dit l'un ;

L'autre ajoute : Quel importun !

Et, tous en cœur : Il nous assomme !

Quel mauvais administrateur !

C'est un gâteux ! c'est un gêneur !

Eh ! parbleu ! c'est un honnête homme !

LE COMMISSAIRE DE SURVEILLANCE

(MÉDECIN LIQUORISTE)

Le ton grave, l'air doctoral,

Même quelque peu magistral,

Cravate et cheveux blancs, un type

De la sotte présomption,

Un vrai tartufe Aliboron

Ignorant le moindre principe

De la noble vertu, l'honneur !

Jurant sa foi, plein d'impudeur

Selon que l'intérêt se montre,

La jurant pour tout et pour rien,

Bref, ce monsieur jure si bien

Qu'il jure le *pour* et le *contre*.

L'INGÉNIEUR

(DU BANQUIER

Ingénieur à sa façon !

La bête noire du maçon ;

Tranchant de tout d'un air capable,

Mais ne faisant que ce qu'il peut,

Notre homme à toute force veut

Que le sable ne soit pas sable,

Il confond l'amont et l'aval,

Le plan avec le vertical,

Ses comptes, ses devis, tout boite,

Moins architecte que gâcheur,

Son tire-ligne ni son cœur

N'ont jamais su *la ligne droite !*

www.ingramcontent.com/pod-product-compliance
Lightning Source LLC
Chambersburg PA
CBHW061207050726
47594CB00008B/3598